AF197822

Tucholsky Wagner Zola Scott Sydow Schlegel
Turgenev Wallace Fonatne Freud

Twain Walther von der Vogelweide Fouqué Friedrich II. von Preußen
Weber Freiligrath Frey

Fechner Fichte Weiße Rose von Fallersleben Kant Ernst
Richthofen Frommel

Hölderlin

Engels Fielding Eichendorff Tacitus Dumas
Fehrs Faber Flaubert

Maximilian I. von Habsburg Fock Eliasberg Zweig Ebner Eschenbach
Feuerbach Eliot

Ewald Vergil

Goethe Elisabeth von Österreich London
Mendelssohn Balzac Shakespeare Dostojewski Ganghofer
Lichtenberg Rathenau Doyle Gjellerup
Trackl Stevenson Hambruch
Mommsen Lenz Droste-Hülshoff
Thoma Hanrieder

Dach Verne von Arnim Hägele Hauff Humboldt
Reuter Rousseau Hagen Hauptmann Gautier
Karrillon Garschin

Damaschke Defoe Hebbel Baudelaire
Descartes

Hegel Kussmaul Herder
Wolfram von Eschenbach Schopenhauer
Bronner Darwin Dickens Rilke George
Melville Grimm Jerome
Campe Horváth Aristoteles Bebel Proust

Bismarck Vigny Barlach Voltaire Federer
Gengenbach Heine Herodot

Storm Casanova Tersteegen Grillparzer Georgy
Lessing Gilm
Chamberlain Langbein
Brentano Gryphius
Strachwitz Claudius Schiller Lafontaine
Kralik Iffland Sokrates
Katharina II. von Rußland Bellamy Schilling
Gerstäcker Raabe Gibbon Tschechow

Löns Hesse Hoffmann Gogol Wilde Vulpius
Luther Heym Hofmannsthal Gleim
Roth Klee Hölty Morgenstern Goedicke
Luxemburg Heyse Klopstock Kleist
Machiavelli La Roche Puschkin Homer Mörike Musil
Horaz
Navarra Aurel Musset Kierkegaard Kraft Kraus

Nestroy Marie de France Lamprecht Kind Kirchhoff Hugo Moltke

Nietzsche Nansen Laotse Ipsen Liebknecht
Marx
von Ossietzky Lassalle Gorki Klett Ringelnatz
May vom Stein Lawrence Leibniz

Petalozzi Irving
Platon Knigge
Sachs Pückler Michelangelo Kock Kafka
Poe Liebermann Korolenko
de Sade Praetorius Mistral Zetkin

Der Verlag tradition aus Hamburg veröffentlicht in der Reihe **TREDITION CLASSICS** Werke aus mehr als zwei Jahrtausenden. Diese waren zu einem Großteil vergriffen oder nur noch antiquarisch erhältlich.

Symbolfigur für **TREDITION CLASSICS** ist Johannes Gutenberg (1400 — 1468), der Erfinder des Buchdrucks mit Metalllettern und der Druckerpresse.

Mit der Buchreihe **TREDITION CLASSICS** verfolgt tradition das Ziel, tausende Klassiker der Weltliteratur verschiedener Sprachen wieder als gedruckte Bücher aufzulegen – und das weltweit!

Die Buchreihe dient zur Bewahrung der Literatur und Förderung der Kultur. Sie trägt so dazu bei, dass viele tausend Werke nicht in Vergessenheit geraten.

Brunhild

Johannes Scherr

Impressum

Autor: Johannes Scherr
Umschlagkonzept: toepferschumann, Berlin

Verlag: tradition GmbH, Hamburg
ISBN: 978-3-8424-1200-2
Printed in Germany

Ziel der TREDITION CLASSICS ist es, tausende deutsch- und
fremdsprachige Klassiker wieder in Buchform verfügbar zu
machen. Die Werke wurden eingescannt und digitalisiert. Dadurch
können etwaige Fehler nicht komplett ausgeschlossen werden.
Unsere Kooperationspartner und wir von tradition versuchen, die
Werke bestmöglich zu bearbeiten. Sollten Sie trotzdem einen Fehler
finden, bitten wir diesen zu entschuldigen. Die Rechtschreibung der
Originalausgabe wurde unverändert übernommen. Daher können
sich hinsichtlich der Schreibweise Widersprüche zu der heutigen
Rechtschreibung ergeben.

Text der Originalausgabe

Johannes Scherr

Brunhild

Sie konnten zusammen nicht kommen,
Das Wasser war viel zu tief.

Volkslied.

1. Brunhild.

Die Ränder des kleinen Sees liegen im Schattendüster ihrer Weidenumbüschung, aber gegen die Mitte des kaum merkbar gekräuselten Wasserspiegels hin glüht eine rotgoldene Lichtmasse, von der höher und höher über die östlichen Berge emporsteigenden Morgensonne dorthin geworfen. Auf dieser lichten Stelle haftet, kaum weniger strahlend, ein großes dunkles Mädchenaugenpaar, welches unter einer prachtvoll gebauten Stirne träumerisch hervor- und auf den See niederblickt.

Sie ist fast zu bedeutend, zu gedankenmächtig modelliert, diese Stirne. Sie würde das Haupt eines Mannes zieren, während sie die Harmonie der Schönheit ihrer Besitzerin mehr stört als erhöht. Überhaupt ist diese Schönheit eine durch Kontraste wirkende. Das germanische Haar mit seinem Goldschimmer stimmt nicht zu den dunkeln Brauen von orientalisch kühner Schweifung, welche sich mitunter an der Nasenwurzel zu einem Ausdruck des Stolzes und Trotzes zusammenziehen, der mit dem anmutigen Lächeln des reizend geschnittenen Mundes gar nicht zu reimen ist. Auch die schwarzen Augen mit ihrem intensiven Sammetglanz müssen fast wie Fremdlinge erscheinen in einem Antlitz, auf dessen durchsichtiger Weiße das Inkarnat frischester Jugendblüte liegt wie das Morgenrot auf dem Firnschnee. Und doch, trotz alledem, muß die Erscheinung der jungen Schönen, wie sie so dasitzt auf der Bank am Fuße des halbzerfallenen Wartturms der Burgruine, mit von den Schultern geglittener Mantille, die Hände über dem auf ihren Knien ruhenden Strohhut leicht gefaltet, ja, sie muß auf den Betrachter einen fast unwiderstehlichen Zauber üben.

Man merkt, es ist da ein Eigenartiges, eine auf sich gestellte Natur. Es geht von dieser vornehm eleganten, nicht allein in betreff der Toilette vornehm eleganten Mädchengestalt ein Ton und Duft stolzer und herber Jungfräulichkeit aus, etwas Abweisendes, um nicht zu sagen Abstoßendes, das aber auf wahlverwandte Seelen nur um so anziehender wirken wird. Ein über die Jahre der Empfänglichkeit oder wenigstens der Entzündbarkeit hinausgekommener Beobachter dürfte sagen: »Eine ungewöhnliche, eine merkwürdige Erscheinung! Vielleicht eine Schönheit ersten Ranges, vielleicht einer jener weiblichen Dämonen, welche geschaffen sind, die Männer rasend zu machen; jedenfalls aber ein verzogenes Glückskind, welches ›nie sein Brot mit Tränen aß‹ und demnach die himmlischen Mächte nicht kennt.«

Daran mag etwas sein. Nicht allein insofern, als das Freifräulein Brunhild von Hohenauf wirklich ein verzogenes Glückskind ist, sondern auch in dem Betracht, daß, wenn sie im Triumphalpomp ihrer Schönheit durch die Gesellschaftssäle der Residenz schreitet, auf ihrer stolz erhobenen Stirne für sehende Augen in Frakturschrift das Kredo hoch- und übermütigen Selbstbewußtseins zu lesen ist: »Ich glaube an mich!«

In Wahrheit, sie glaubte an sich. Ihr Vater, ein Geburtsbaron und zugleich – *rara avis* – ein Geldbaron, hatte es durch äffische Zärtlichkeit einerseits und durch Lässigkeit andererseits glücklich dahin gebracht, daß in der schönen Person seiner Tochter, die sein einziges Kind war, der Hochmut des Feudalismus mit dem des Protzentums vollständig sich verschmolz. So war aus Brunhild beim Mangel mütterlicher Erziehung – denn sie hatte ihre Mutter frühzeitig durch den Tod verloren – eine vollkommene Dame der großen Welt geworden, ein Stück von einer Künstlerin, ein Stück von einer »Emanzipierten«, ein Stück auch – behaupteten wenigstens häßliche alte Jungfern – von einer Kokette; ein Wesen, welches, hoch dahinschwebend über der gemeinen Wirklichkeit der Dinge, über des Lebens Arbeit, Not und Sorge, sich einbildete, das Dasein wie einen genialen Scherz nehmen und mit souveräner Virtuosität durchspielen zu können wie irgend ein modisches Brillantbravourklavierstück.

Und doch hatte dieses Mädchen ursprünglich eine Seele voll Zartheit, Keuschheit und Hoheit besessen, ein Herz voll tiefen Gefühls und inniger Glut. Es lag in ihr, auch jetzt noch, ein Keim der edelsten Weiblichkeit, ein Etwas, das sie gleich sehr befähigte, unter Umständen erhaben-heldisch in die Geschichte hineinzuschreiten wie Jeanne d'Arc oder aber einem geliebten Manne sein Haus zum Himmel zu machen. Sie hatte Stunden oder wenigstens Augenblicke enthusiastischer Träumerei, wie nicht minder einer schwermütigen Nachdenklichkeit, wo die primitive Innigkeit, Frische und Kraft ihrer Empfindung sich Bahn brachen durch alle die an- und eingebildeten Schranken einer grenzenlosen Überhebung und alle die gleißenden Phantasmen eines maßlosen Stolzes. In solchen Momenten empfand Brunhild eine Herzensöde, welche ihr das Gefühl aufzwang, als müßte sie sehnsuchtsvoll die Arme ausstrecken nach der Welt und nach den Menschen, welche sie verachten zu dürfen, verachten zu müssen glaubte. Es war ihr unselig Geschick, daß diese Stimmung immer wieder zurücktreten mußte vor den Eingebungen eines Hochmuts, welchen die Schmeichler Brunhilds den Stolz einer Amazone, einer Heroine nannten, der aber im Grunde doch eben nur die Überhebung verwöhnter Glückspilzigkeit war.

Derartige verschrobene Wesen kommen in unseren Tagen keineswegs so selten vor, wie man sich etwa einbilden möchte. Sie sind naturgemäße Produkte einer Zeit, welche durchweg den Schein dem Sein vorzieht, vergoldeten Schmutz höher schätzt als unpoliertes Erz und ihre Gedanken- und Grundsatzlosigkeit hinter einer weitbauschigen Phrasendraperie verbirgt. Wenn die Yankees vom »allmächtigen Dollar« reden, so könnten wir mit noch mehr Berechtigung von der »allmächtigen Phrase« sprechen. Sie beherrscht, wie alles übrige, auch die weibliche Erziehung, und wenn man die Resultate derselben ins Auge faßt, muß es sehr begreiflich und verzeihlich erscheinen, daß die jungen Männer mehr und mehr scharenweise ins zölibatärische Lager übergehen. Es würde lächerlich sein, falls es nicht so traurig wäre, zu sehen, wie auch der Mittelstand allüberall immer mehr von der allmächtigen Phrase sich verleiten läßt, seine Töchter zu müßiggängerischen Damen »ausbilden« zu lassen. Was sollen daraus für Hausfrauen und für Mütter werden? Gerechter Himmel! Jagt die französischen Parliermeister zum Henker; zerschlagt die ewigen Klimperkasten, die nachgerade jedes Haus zu einer Klavierhölle machen; lehrt die jungen Mädchen zeitig den Wert der Zeit und der Arbeit kennen und woher das Brot komme; laßt sie Hände und Finger statt auf den die Denkfähigkeit abstumpfenden Tasten lieber in der Küche rühren; bringt ihnen bei, daß die wahre Heimat der Frauen nicht der Ball-, Konzert- und Opernsaal sei, sondern das Haus und die Häuslichkeit; lehrt sie denken, klar und folgerichtig denken, und wär' es täglich nur eine Viertelstunde, nur zehn Minuten lang; entwickelt in euren Töchtern statt der Phrase, statt der Sucht, zu scheinen und zu »brillieren«, den Eifer, etwas Besseres zu sein als die Toilettenpuppen an den Schaufenstern der Modenmagazine; gebt ihnen statt des elenden Verbildungskrams gesunden Menschenverstand, Genügsamkeit, Arbeitslust und Sparsamkeit zur Aussteuer und ihr werdet – bei allen Göttern! – endlich wieder eine Generation von Müttern erhalten, welche fähig sind, tüchtige Jungen zu gebären und zu Männern zu erziehen, zu Männern, die das Zeug haben, uns von der Tyrannei der Phrase zu erlösen.

Auf Fräulein Brunhild freilich würde diese Philippika kaum anwendbar sein. Sie gehörte ja durch Geburt und Reichtum zu den Erdengöttern, welche nicht wissen, daß das Menschenleben »Sorg' und viel Arbeit« ist, sondern vielmehr vom Dasein nur die Ambrosia naschen und den Nektar schlürfen. Trotzdem ist mit gutem Grund anzunehmen, daß der Herr Baron von Hohenauf, welcher, sagte man, mittels seines spekulativen Genies Millionen auf Millionen gehäuft hatte, für das Glück seiner Tochter besser gesorgt haben würde, so er sie bedeutend viel weniger zu einer »Göttin« und bedeutend viel mehr zu einer verständigen Frau hätte erziehen lassen. Das Sprichwort vom »Müßiggang, welcher alles Verkehrten und Schlechten Anfang«, ist freilich eine sehr triviale Wahrheit; aber im Grunde sind ja alle die Wahrheiten, auf denen die Gesellschaft als auf ihren Fundamenten ruht, nichts als Trivialitäten. Allerdings hat einer gesagt: »Den Vornehmen ist der Genuß Arbeit, den Armen die Arbeit Genuß«; aber der das sagte, war notorisch einer der ärgsten Wirr-, Schwirr- und Schwarbelköpfe, die jemals »philosophischen« Nonsens von sich gaben. Die junge Schöne hatte in der heutigen Sommermorgenfrühe eine ihrer nachdenklichen, träumerischen Stunden. Die Einsamkeit der Stelle, wo sie saß, der balsamische Morgenlufthauch, der Blick in die wunderbare Alpenschönheit hinein, hatten sie gut und weich gestimmt. Mit etwas vorgeneigtem Oberkörper saß sie da, und nie vielleicht war ihr Antlitz schöner gewesen als jetzt, da sie ihre Augen von dem lichthellen Fleck inmitten des kleinen Hochsees erhob und wie selbstverloren mit klangvoller Altstimme sagte: »Ein Lichtstrahl auf trügerischer Flut – das soll ja das Glück sein.« Aber als wollte sie sich dafür bestrafen, daß sie einer »altfränkisch empfindsamen« Stimmung sich überlassen habe, fügte sie mit leicht zusammengezogenen Brauen laut hinzu: »Bah, das Glück ist, was man selbst daraus macht!«

Sie fiel aber doch wieder in den Gedankengang oder besser in die Gefühlsschwingung von vorhin zurück. Wieder haftete ihr Blick auf dem Lichtpunkt im See drunten, und nach einer Weile murmelte sie: »Es ist recht eigen, recht wunderlich! Das Wasser da sieht mich an wie ein lockendes Auge, das bittend sagt: Komm' her!« Dann machte sie eine rasche, anmutige Bewegung, als fühlte sie sich plötzlich angefröstelt, zog ihre Mantille hinauf und erhob sich, als wollte sie weggehen; aber sie tat es nicht. Ihr weitbauschendes Seidenkleid rauschte heftig, als stampfte sie mit dem zierlichen Fuß auf den Rasen, und mit den wie im Zorn gesprochenen Worten: »Was das für Albernheiten sind!« nahm sie ihren Platz auf der Bank wieder ein.

Sie ahnte nicht, daß sie ihr Schicksal erwartete. Aber wenn die Stolze es geahnt, ja gewußt hätte, würde sie, wie sie nun einmal war, kaum davor geflohen sein, sondern es nur um so trotziger erwartet haben.

2. Siegfried.

Während droben die schöne Brunhild von der Höhe des Burgruinenhügels, welcher wie eine Art Warze aus der hoch sich hinauf-
türmenden Bergwand vorspringt, auf den kleinen Hochsee träumerisch niederblickte, kamen drunten zwei Männer über die Brücke
gegangen, welche da über den Strom gelegt ist, wo er kaum aus
dem großen See getreten ist.

In belebtem Redetausch stiegen die beiden gemächlich den sanft
emporführenden Weg hinan. Ihr Gespräch hatte Ton und Färbung
alter Befreundung, auch mochten sie auf gleicher Altersstufe stehen,
etwas näher dem vierzigsten als dem dreißigsten Jahre, und doch
waren die beiden in ihrer äußern Erscheinung grundverschieden.

Der eine der Freunde war eine lange, hagere, schlotterige, sozusagen abstrakte Gestalt, welcher man auch ohne ihren weithinabrei-
chenden schwarzen Rock das »Wort Gottes«, ja das »Wort Gottes
vom Lande« unschwer ansehen konnte. Es war auch in den grauen
Augen der weltbekannte theologische Essigblick. Die dedizierte
Mephistonase, sowie die sarkastisch niedergezogenen Wundwinkel
taten dem Theologismus des langgezogenen, gescheiten Gesichts
mitnichten Eintrag. Denn es ist eine unbestreitbare Tatsache, daß es
unter den »Hirten« unendlich viel mehr Ironiker und Sarkastiker
gibt, als die guten »Schafe« sich träumen lassen. Der andere konnte
mit seinem schwarzen, üppigen, noch von keinem einzigen Silber-
fädchen durchzogenen Kraushaar und Vollbart, mit seinem kühn
geschnittenen, blühenden, durch ein dunkelblaues Augenpaar von
schelmisch-keckem Falkenblick belebten Antlitz für einen Typus
männlicher und mannhafter Schönheit gelten, falls die Wohlge-
formtheit seiner hohen, breitschulterigen Figur nicht etwas beein-
trächtigt worden wäre durch einen Anflug von Beleibtheit, welcher
zwar der Leichtigkeit seiner Bewegungen für jetzt noch keinen Ab-
bruch tat, aber doch den armen Lord Byron zur Verzweiflung gebracht haben würde. Übrigens in Haltung und Gebaren ein Gentleman jeder Zoll, einfach, ohne Ziererei, aber auch ohne affektierte
Nachlässigkeit sich tragend, ein Gentleman, der augenscheinlich
viel »in der Welt« gelebt, vielleicht ein bißchen zu viel, jedoch im-

merhin eine Frische sich bewahrt hatte, welche von dem Hautgout der Blasiertheit nicht entfernt angeflogen war.

»Und so hast du dich entschlossen,« fragte im Gehen der Abstrakte den Konkreten, »unser Vaterland für immer zu verlassen?«

»Für immer.«

»Unglückliches Vaterland!«

»Spotte nur zu, lieber Alter. Aber in allem Ernste, ich werde keinen Fuß mehr nach Michelien setzen und möchte nicht einmal dort begraben sein.«

»Armes Deutschland! Wie spricht der große Scipio? *Ne ossa mea quidem habeas, ingrata patria!*«

»Kerl, du bist doch der ewige Mephistophel! Gib acht, daß ich dich nicht an das Sprüchlein erinnere, welches zu unserer Zeit auf der Universität umging.«

»Was für ein Sprüchlein?«

»Stiftler[1] sind Tiftler,
Mitunter auch Giftler.«

»Bah, lieber Junge, Stiftler sind heutzutage nur noch korrekte Setzlinge im Weinberge des Herrn, sonst nichts mehr. Aber laß dir sagen, ich war nicht wenig erstaunt, als ich dich gestern abend da unten in der Nußbaumallee hinter den pyramidalischen Gestalten der fabelhaft aufgedonnerten drei Engländerinnen plötzlich auftauchen sah. Nach dem, was ich zuletzt von dir hörte, vermutete ich dich in der schönen Hauptstadt meines engeren Vaterlandes – von uns Deutschen hat ja jeder bekanntlich ein engeres und ein weiteres Vaterland, also, beiläufig bemerkt, keins, denn Null mal Null gleich Null – ja, in der Hauptstadt meines Heimatlandes vermutete ich dich.«

»Ich war dort, konnt' es aber nicht lange aushalten.«

»Wieso?«

---

[1] Stiftler heißen die im sogenannten »Stifte« zu Tübingen gebildeten protestantischen Theologen.

»Weil ich daselbst vor lauter ›gemütlichen Leuten‹ keine Menschen zu finden vermochte.«

»Lästerer! Ich sehe, der Reichtum hat dich übermütig gemacht. Deine selige Tante hätte wohl etwas Klügeres tun können, als Haus und Hof, Schloß und Park, Geldkiste und Kapitalienbriefesammlung ihrem Heiden und Sausewind von Neffen zu vermachen.«

»Sie hat auch diese hübschen Sachen mir nicht vermacht, die Gute, welche lind und weich in Abrahams oder eines beliebigen andern Patriarchen Schoße ruhen möge. Sie wollte ja ihren ›leidigen Mammon‹, welchen sie zusammenhielt wie eine Kneipzange, der ›inneren oder gar der innersten Mission‹ vermachen, hatte aber glücklicherweise keine Zeit mehr zur Ausführung dieses frommen Vorhabens, maßen sie, nachdem sie sich eines Abends beim Tischrücken und Geisterklopfen übermäßig angestrengt und aufgeregt hatte, in der Nacht durch einen Nervenschlag diesem irdischen Jammertal entrückt wurde. So war ich ihr Erbe von Rechts wegen.«

»Glücklicher Millionär du! Nun, ich werd' es mir in deinem Schlosse, welches, sagst du, wenige Stunden von hier an dem untern See liegt, etliche Tage oder auch Wochen gehörig wohl sein lassen.«

»Das sollst du, und du wirst sehen, daß ich den Grandseigneur ganz leidlich spiele.«

»Ich glaub' es. Du hattest, ohne Kompliment, schon in der Studentenzeit etwas Lordmäßiges an dir, obgleich du damals häufig genug Lord John mit der leeren Tasche gewesen bist. Ich hab' es darum nie recht begriffen, wie du mit deinen aristokratischen Neigungen, Bedürfnissen und Manieren unter die guten Demokraten geraten bist, welche so märchenhaft naiv waren, eine gewisse ewige Schlafkappe für die phrygische Mütze von 1789 oder gar von 1792 anzusehen.«

»Du hast recht. Es war für einen im Heimatlande des beschränkten Untertanenverstandes Geborenen die dümmste der Dummheiten, nach etwas anderem zu streben als nach einer Hofratskarriere und nach dem braunen Spatzenorden vierter Klasse. Aber so wahr ich Siegfried von Lindenberg heiße, ich bin durch meine Villeggiatur in der Einzelhaftzelle des berühmten Zuchthauses zu B. von der leidigen Romantik des Idealismus und Patriotismus vollständig kuriert und von dem Wahnglauben der Begeisterung zum Dienst der holden Göttin Ironie bekehrt worden. Süße Ironie, du allein bist die wahre Freiheit. Du erlöstest mich von der Narrheit der Großmannssucht, von der Parteisklaverei, von der Ehrfurcht vor Schlagwörtern, von der Bewunderung angeblich großer Persönlichkeiten, von den Mystifikationen der Politik, von –«

»Halt ein! Ich kenne dieses Proudhonsche Gebet sattsam.«

»Ganz richtig. Proudhon und meine Erfahrungen haben mitsammen mich zum heiteren Ironieglauben herübergeführt.«

»Bah,« sagte der pastorliche Mephistophel, indem er stehen blieb und den Rauch seiner Zigarre mit einem pfeifenden Ton in die sonnige Luft blies. »Wie doch die Menschen darauf versessen sind, sich selbst zu belügen! Was hast du, altgebackener Phantast und neugebackener Millionär, mit Proudhon und der Ironie zu schaffen? Du bist heute noch derselbe Urromantiker und Hyperidealist, welcher du gewesen zur Stunde, wo du als Fuchs in die damals streng verpönte Burschenschaft tratest und bereit warst, für die schwarz-rotgoldene Schleife an deiner Uhr Leib und Leben zu riskieren oder wenigstens einen so tüchtigen Schmiß, wie nur je eine Korpsburschenklinge einen gegeben hat.«

»Was schwatzest du da für verdammten Kohl?«

»Kohl? Bewahre! Die pure, blanke, nackte Wahrheit sag' ich, die aber freilich auch dir, wie allen Menschenkindern, unangenehm in die Nase sticht. Aber trotzdem, du bist und bleibst einer von denen, auf deren Augen-Hornhaut die Welt sich spiegelt, nicht wie sie ist, sondern wie sie den Einbildungen der Ideologen zufolge sein sollte. Ich wette, du machst immer noch Verse.«

»Nicht einmal mehr Spottverse; denn sonst würd' ich dir jetzt zur Stelle in solchen sagen, daß dein Gerede sehr an den Kanzelton streife.«

»Bah, nur nicht empfindlich, alter Junge! Ich wollte dir nur andeuten, daß ich fest überzeugt bin, du habest ganz das Zeug, allen deinen Erfahrungen und deinem angeblichen Ironikertum zum Trotze das Zeug, dich einmal bei Gelegenheit mittels irgend einer romantischen Narrheit zugrunde zu richten.«

»Das werd' ich bleiben lassen, schon dir zum Possen,« entgegnete Siegfried lachend. »Aber komm, wir müssen dort rechts den Fußpfad hinan, wenn ich dich zu dem prächtigen Aussichtspunkte bei der Ruine da droben bringen soll.«

3. Ich kam, sah und – ward besiegt.

»In der Tat, das Ding hat Stil und läßt sich ansehen,« sagte der Pfarrherr, seine Brille zurechtrückend, um sich auf der Höhe des Burgruinenhügels mit Behagen der Betrachtung des herrlichen Landschaftsbildes zu überlassen, welches sich allerdings ansehen ließ.

Es gibt freilich in dem schönsten und glücklichsten Lande Europas viele Aussichtspunkte, welche umfassendere oder auch großartigere Blicke darbieten als der, auf welchem die beiden Freunde standen, unfern der Bank, auf welcher Brunhild von Hohenauf noch immer saß. Aber es dürfte wenige Stellen im Umfange der Alpen geben, wo das Erhabene und Anmutige in so reicher Fülle auf so engem Raume sich beisammen findet wie gerade hier. Wendet man sich scharf zur Linken, so schweift das Auge an einer Bergwand voll wechselnder Formen hin, aus deren felsigen Schluchten weißschäumende Wildwasser talwärts springen und längs deren Fuß da und dort eine Kirchturmspitze aus dem Grün üppigen Baumwuchses hervorlugt. Geradeaus fällt der Blick zunächst auf den mehrerwähnten kleinen Hochsee, hinter dessen dunkler, mit Weiden, Rüstern und Ahornbäumen bestandener Muldenwand eine große, stahlblau und silbern schimmernde Spiegelfläche sich auftut, die weithin gedehnte Wassermasse eines der schönsten Seen des Landes. Gen Osten und Süden zu ist dieser See von Gebirgen eingefaßt, welche sich in ungeheueren Stufen mählich zu Bergriesen auftürmen, deren Brust den Gletscherpanzer und deren Haupt den Firnschneehelm trägt. Wendest du dich, an den Rand des Hügels vortretend, zur Rechten, so siehst du tief unten den Strom aus dem großen See, worin er sich vom Gletscherstaub reingewaschen, hellgrün hervorkommen und in sanften Windungen längs eines paradiesischen Talbodens von mäßig großer Ausweitung hinfließen, um nach etwa dreiviertelstündigem Laufe abermals in ein Seebecken sich zu ergießen, in den unteren See, dessen Gewässer fernher duftig zu dir heraufblauen. Das Gelände zwischen den beiden durch den Strom also verbundenen Seen bildet vielleicht den schönsten Park, welchen es auf Erden gibt. Es ist eine Harmonie in diesem Landschaftsbild, welche selbst durch die an der Südseite des Stromes sich hinziehenden Gruppen von Hotels und Pensionen eines

Kurorts von Weltberühmtheit nicht gestört wird. Oder aber, falls deine Landschaftsästhetik das Vorhandensein dieser Institute als Störung empfinden sollte, so würde dich ein Blick wieder darüber wegheben, der Blick über die Talebene südwestwärts dorthin, wo dir aus einer riesigen Spalte der von der Natur wie eigens zu diesem Zweck auseinander geschobenen Bergwände die Königin der Alpenkolosse im Vollglanz ihrer wunderbaren Majestät entgegenleuchtet.

Ehrwürden Schwarzdorn – so hieß der Herr Pastor – sog sozusagen mit vollen Zügen die vor seinen Augen entrollte Schönheit in seine Seele. Da er aber ganz entschieden zu jenen Leuten gehörte, die sich daran gewöhnt haben, ihren Empfindungen keinen vollen Ausdruck zu gestatten, sagte er nach einer Weile: »In der Tat, recht niedlich.«

»Niedlich? O, du strohener Philister! Ein Wunder von Schönheit, ein helles, liebes Wunder!«

»Nun, nun, nur nicht gleich so obenhinaus, alter Junge. Habe denn doch in den letzten Wochen landschaftliche Szenen gesehen, welche –«

»Ach was! Glorios, sag' ich dir!«

»Wohl, wohl; aber ich behaupte dessenungeachtet –«

»Geh, geh! Es ist, beim Jupiter, ganz unmöglich, daß du jemals so etwas Herrliches gesehen!«

Schwarzdorn kehrte sich verwundert um: es war in der Äußerung des Freundes ein so ganz eigener Ton! »Was hast du denn?« wollte er fragen, verschluckte aber die Frage, spitzte seinen Mund zu einem leisen Pfeifen und murmelte dann, während seine Mephistonase sich so weit herunterzog, daß ihre Spitze fast das Kinn berührt hätte, vor sich hin: »Ah so, da haben wir's! Und der schwatzt von Proudhon und Ironie! – Schön ist sie allerdings, merkwürdig schön, originell, pikant! – Aber was ist das? Ich glaube gar, der tolle Mensch will die Schöne im Sturm erobern.«

Er tat einige Schritte gegen die Bank am Fuße des halb zerfallenen Wartturms hin und blieb dann stehen, um, geteilt zwischen Verblüffung und Neugier, die Entwickelung des kleinen Dramas abzuwarten, welches er vor sich sah.

Angefaßt von einer jener plötzlichen, unerklärlichen Regungen, welche schicksalsmächtig den Menschen überfallen und überwältigen, war Siegfried, nachdem er, während sein Freund in der Schönheit der Aussicht schwelgte, die junge Dame mit steigendem Staunen betrachtet hatte, auf sie zugeschritten.

Selbstverständlich war es ihr nicht entgangen, daß sie der Gegenstand der entzückten Bewunderung des fremden Mannes war; aber solcher Huldigungen gewöhnt, fühlte sie sich davon weiter nicht berührt. Oder doch? Denn möglicherweise konnte das blitzende Aufleuchten ihrer Augen, als Siegfried mit seinem Freunde den Hügel heraufgekommen war, bezeugen, daß sie den Fremden schon einmal bemerkt, vielleicht drunten im Kurort, und von seiner allerdings imponierenden Erscheinung einen ungewöhnlichen Eindruck empfangen habe. Wie dem sei, sie machte, als sie ihn jetzt auf sich zukommen sah, eine Bewegung, um aufzustehen. Allein sie unterließ es, und als Siegfried, zwei Schritte vor der Bank stehen bleibend, sie mit einer tiefen Verbeugung grüßte, erhob sie mit dem Ausdrucke kalten und stolzen Befremdens ihre Augen zu den seinigen.

Aber aus diesen Männeraugen schimmerte ihr ein unbekanntes Etwas entgegen, ein Etwas, von welchem sie sich erschreckt und beleidigt fühlte, und doch zugleich gebannt und bemeistert. Sie wollte ihren Blick abwenden, vermochte das jedoch nur mit großer Anstrengung, und wie ihr Antlitz ein heißes Rot, so überflog ihre Seele ein Geheimnisvolles, von dem sie um keine Welt zu sagen gewußt hätte, ob es schluchzendes Weh oder jauchzende Wonne.

»Mein Fräulein,« sagte der kecke Mann im Tone der tiefsten Ehrerbietung, »ich bitte Sie inständig um Verzeihung, wenn ich den Versuch wage, in dieser ungewöhnlichen Weise mich Ihnen vorzustellen. Ich heiße Siegfried von Lindenberg, war vormals ein Stück von einem Juristen, item von einem Poeten, Revolutionär und Freischärler, bin aber jetzo ein solider Mann von anständiger Bildung, nebenbei auch, falls Sie, meine Gnädigste, das interessieren sollte, Besitzer eines freiherrlichen Wappens, das vor Alter ganz schimmelig geworden, item Schloßherr, Gutsbesitzer und so weiter.«

Sie warf die Lippen spöttisch auf, als wollte sie sagen: »Was geht denn das alles *mich* an?« Aber sie schwieg und gewann es mit gewaltsamer Bemühung sich ab, den Kühnen mit vornehmer Wegwerfung anzusehen. Er ließ sich jedoch nicht abschrecken, sondern begann wieder: »Mein Fräulein, ich bitte ehrfurchtsvoll, daß Sie geruhen mögen, mir Ihren Namen zu nennen. Ich bitte, bitte!«

Sie schüttelte den Kopf und versuchte, das beispiellose Abenteuer, welches ihr zugestoßen, komisch und drollig zu finden; aber es wollte nicht gehen. Was war doch nur für ein seltsamer Klang in der Stimme dieses Mannes?

»Bitte, bitte!« wiederholte er.

»Mein Herr, ich heiße Brunhild von Hohenauf,« sagte sie kurz und schneidend.

»Brunhild?« entgegnete er mit einem Lächeln, von welchem, wie die Sage ging, schon mehr als eine Frau mit Grund gemeint hatte, daß es ein sehr verführerisches sei. »Brunhild? Das trifft sich ja ganz wunderbar! Brunhild und Siegfried, urzeitlich-mythisch-heroische Namen, die sozusagen gar nicht voneinander getrennt gedacht werden können.«

Sie lächelte unwillkürlich, weil auch ihr die Beziehung auf die altgermanische Heldensage blitzschnell sich aufdrang.

»Und nicht nur Brunhild und Siegfried stimmen zusammen,« fuhr er fort, »sondern auch Hohenauf und Lindenberg. Beim Jupiter, der wunderbarste Schicksalswink! Brunhild von Hohenauf und Siegfried von Lindenberg? Da wird einem ja ganz literaturhistorisch-wundersam zumute, ganz eddaisch und nibelungisch oder auch nikolaiisch und müllerisch.«[2]

Er lachte herzlich und, mochte sie wollen oder nicht, sie mußte mitlachen.

Dadurch kühn gemacht, falls das überhaupt noch nötig war, dämpfte er seine Stimme zu tiefem Ernst und sagte: »Ich weiß nicht recht, hab' ich selbst oder hat ein anderer mal gesagt: Wenn die

---

[2] Der Sprechende spielt zweifelsohne auf Nikolais »Sebaldus Nothanker« (1773) an, in welchem eine Frau von Hohenauf vorkommt, und auf Gottwerth Müllers dermaleinst hochberühmten »Siegfried von Lindenberg« (1779). Anm. d. Setzers.

Götter dir die Pforte zum Himmel auftun, so zögere keinen Augenblick, hineinzuschlüpfen, sonst schlägt sie unwiederbringlich zu. – Nun wohl, ich nehme mein Herz in beide Hände: Fräulein Brunhild von Hohenauf, wollen Sie die Frau Siegfrieds von Lindenberg werden?«

Sie wurde bleich, als wäre plötzlich ein Schuß ihr ins Gesicht gefeuert worden. Dann stand sie langsam auf, schwang ihren Hut auf den Kopf, zog ihre Mantille auf die Schultern und mit dem Sonnenschirm spöttisch grüßend, rauschte sie an dem kecken Freiwerber vorüber mit den stolz hingeworfenen Worten: »Mein Herr, Sie sind entweder ein ausbündiger Narr oder der geckenhafteste aller Gecken!«

Mephisto Schwarzdorn setzte an, in ein homerisches Gelächter auszubrechen. Als er jedoch den Freund ansah, wie dieser der rasch den Hügel hinabschreitenden Schönen nachblickte, die Brauen finster zusammengezogen, mit der Rechten im Barte wühlend, unterließ er das laute Lachen und sagte nur: »Lieber Junge, du hast kein Glück in Römerrollen. Beim Heraufgehen kamst du mir wie ein parodierter Scipio vor, und hier oben war es dir beschieden, einen travestierten Cäsar vorzustellen: – *Veni, vidi, victus sum.*«

»Du hast recht: ich ward besiegt. Aber merke, was ich dir sage. Diese stolze und spröde Walküre Brunhild wird mein Weib, oder – Genug! Laß uns den steileren, aber bedeutend kürzeren Pfad durch das Gehölz hinabgehen, weil ich vor der Dame im Orte drunten anlangen will.«

Fräulein Brunhild zügelte ihren Schritt, als sie am Fuße des Burghügels den Fahrweg erreicht hatte. Sie fühlte sich wunderlich beklommen, und es war ihr zu Sinne, als rollte eine Feuerkugel in ihrer Brust. Unwillkürlich mußte sie vor sich hinsagen: »Was war doch das? Wie konnte ein Mensch es wagen, mir einen solchen Schimpf anzutun? – Und doch!«

Dieses »Und doch!« war einer jener Naturlaute, in welche Menschenherzen mitunter ausbrechen ohne Wissen und Willen, und wie die stolze Schöne das Wort sprach, empfand sie zugleich das gebieterische Bedürfnis still zu stehen und nach der Hügelhöhe zurückzublicken. Sie widerstand indessen und setzte ihren Weg fort. Wer sie aber genau beobachtet hätte, mußte bemerken, daß ihr Gang die sanft abfallende Straße zum Strom hinab nicht ihr gewohntes elastisches Schweben war, sondern ein mattes Schlendern, als müßte sie sich Gewalt antun, vorwärts zu kommen. Und nach etlichen hundert Schritten stand sie abermals still, um wie selbstvergessen vor sich hinzusprechen: »Und doch!« Dann warf sie, wie über sich erzürnt, trotzig die Lippen auf, legte den Rest ihres Weges rasch zurück, überschritt die Brücke und bog jenseits derselben in die Nußbaumallee ein, an welcher ihr Quartier lag.

Im Vorzimmer zu ihrem Gemache harrte ihr Kammermädchen der Herrin. Die Dienerin stand auf, als Brunhild eintrat, und sagte schüchtern: »Gnädiges Fräulein, sind Sie unwohl?«

»Unwohl? Wieso?«

»Sie sehen so angegriffen aus, so blaß!«

»Bah, ich bin ganz wohl. Hast du Georg zur Post geschickt?«

»Ja, und er brachte einen Brief zurück,« versetzte das Mädchen, die Tür zu dem inneren Zimmer öffnend.

Brunhild trat ein, nahm den Brief vom Tische und legte ihn wieder gleichgültig hin, als ihr die Adresse die Handschrift ihres Vaters gezeigt hatte. Sie ging ans Fenster und stand eine Weile nachdenklich, die Blicke mehr in das eigene Innere als in die Landschaft spracht draußen tauchend. Mit einmal trat, sie heftig zurück; sie hatte den »Narren« oder »Gecken« erblickt, welcher, aus dem Hotel kommend, drunten rasch über den Vorplatz schritt. Wie sie sich vom Fenster wegwandte, fiel ihr Blick zufällig auf den großen Spiegel an der Seitenwand, und dieser zeigte zu ihrer Überraschung, daß ihr Antlitz, welches doch nach der Aussage der Zofe soeben noch blaß gewesen, mit Purpurröte bedeckt war. Unwillig kehrte sie sich von der ärgerlichen Glasfläche ab, nahm zerstreut den Brief auf, öffnete den Umschlag und begann mechanisch zu lesen. Plötzlich jedoch erweiterten sich in Staunen und Schrecken ihre Augen, sie wankte auf ihren Füßen, schwankte bleich wie der Tod auf einen Stuhl zu, ließ sich auf denselben niederfallen und preßte, das Papier in ihren gerungenen Händen zerknitternd, halb atemlos hervor: »Eine Bettlerin! Eine Bettlerin!« Tonlos fügte sie nach einer Weile hinzu: »Ah, wie sagte denn der – der – der Mann? Wenn die Götter dir die Pforte zum Himmel auftun! – Zum Himmel? – Aber schon ist sie zugeschlagen, unwiederbringlich!«

Nach Verlauf einer Stunde ging im Vorzimmer draußen die Klingel. Die eintretende Zofe fand ihre Herrin in gewohnter Fassung und Haltung. Fräulein Brunhild sagte kurz und kalt: »Rasch die Koffer gepackt, Hanne! Laß Georg die Rechnung fordern und bereinigen. Wir reisen mit dem zunächst abgehenden Dampfboot.«

4. Verkauft und gekauft.

Auf dem von zwei reich vergoldeten Karyatiden getragenen Marmorgesimse des Kamins brennt eine aus Silber getriebene dreiarmige Lampe und erhellt ein Schlafgemach, welches mit anmutvoller Pracht auszuschmücken und zum Empfange der Hochgeliebten herzurichten, zärtliche Fürsorge und künstlerisch gebildete Einbildungskraft gewetteifert haben.

Aber die Augen Brunhilds schweifen gleichgültig über alle diese Liebeserweise des Mannes hin, dem sie heute mittels eines frostigen Kopfnickens vor dem Altar zum Weibe sich gelobt hat.

Im vollen Brautstaat, das Myrtenreis noch im Haare, liegt sie, den Rücken der von einem maurischen Hufeisenbogen überwölbten Nische zugewandt, in welcher hinter einer Wolke von dunkelroter Seidendraperie die weißen Atlaspfühle des Brautbettes hervorschimmern, in einem Lehnstuhl, den Blick starr auf einen mächtigen Spiegel geheftet, der ihre Gestalt voll widerspiegelt.

Ihr Antlitz ist bleich bis zur Fahlheit, und zu dieser Blässe steht das düstere Feuer der großen dunkeln Augen, steht das Fieberrot der trotzig zusammengepreßten Lippen in einem unheimlichen Kontrast. Zuweilen hebt sich ihre Brust unter dem weißen Spitzenkleid, und da legt sie die schöne schlanke Hand darauf, wie um den Sturm der Gefühle, die da drinnen ihre Wogen schlagen, niederzupressen.

Dann wendet sie, als ob ihr Spiegelbild ihren Widerwillen erregte, mit einer Gebärde der Ungeduld den Blick vom Spiegel ab, steht auf und geht an das hohe Bogenfenster, dessen Doppelflügel geöffnet sind.

Aus den Blumenbeeten drunten hauchen Veilchen und Hyazinthen ihren Duft zu der schönen, bleichen, dämonisch bewegten Braut empor. Sie achtet nicht darauf. Teilnahmlos tauchen ihre Augen in die laue, mondhelle, leise atmende Frühlingsnacht. Fernher klingt das Singen stürzender Gletscherbäche. Wie in träumerischem Kosen plätschert das leichte Wellengekräusel des Sees an dem Ufersaum des Parkes. Weithin über die prächtige Wasserfläche zittert ein silberner Strahl, der Widerschein der Mondsichel, die in der dunkelblauen Wölbung der Himmelsglocke über dem Hochgebirge schwebt. Ihr geisterhaftes Licht rieselt auf einen Bergkoloß von höchster Mächtigkeit nieder, welcher jenseits des Sees, gerade dem Fenster des Brautgemachs gegenüber, hinter vielfach abgestuften Vorbergen seine furchtbar schroffen, schwarzen, eisumpanzerten Felsenglieder hoch in die Lüfte hebt. Mechanisch fällt ihr Blick auf die finstere Bergmajestät, mechanisch haftet er an den beiden blendend weißen Firnschneeflächen, welche an der Scheitelkrone des dunkeln Riesen wie zwei Diamanten funkeln.

Ihre Seele ist weit von hier, ist daheim im nie zwar geliebten, jetzt aber gehaßten Vaterhause, zur Stunde, wo ihr Vater, händeringend, Angstschweiß auf der Stirne, flehend zu ihr gesagt hatte: »Es kostet dir nur ein Wort, nur ein Ja, um mich vom Bettelstab, um mich von Schmach und Selbstmord zu retten!« Und sie hatte dieses Wort gesprochen, hatte dieses Ja gegeben, dem Manne gegeben, welchem schon in dem Moment, als sie zuerst ihn gesehen, ihr Herz stürmisch entgegengeschlagen und welchen, so wollte es ihr infernalischer Stolz, sie töten möchte, könnte, müßte, weil ein tückisch Verhängnis ihm gestattet hatte, *so* um sie zu werben, so sie zu erwerben.

Die schweren Sammetgardinen, welche die Türe des Zimmers verbargen, wurden zurückgeschlagen, und die stattliche Gestalt des Bräutigams erschien auf der Schwelle. Siegfrieds Mund lächelte, aber dennoch lag eine leichte Wolke von Ungewißheit und Sorge auf seinem offenen, mannhaft schönen Gesicht. Er blieb einen Augenblick zögernd stehen, den Blick zu der am Fenster stehenden und in sich versunkenen Braut hinübersendend. Dann schritt er geräuschlos über den weichen Teppich, trat ihr zur Seite und legte sanft seinen rechten Arm um die prächtige schlanke Gestalt.

Sie wandte das schöne Haupt zu ihm um und blickte ihn an, so kalt, so abweisend, so verachtungsvoll, als hätte sie sich auf diesen gefürchteten Moment seit lange mühsam, aber mit Erfolg vorbereitet. Er hielt ihren Blick aus, und als nun sein Auge so lieb und gut und zärtlich auf ihr ruhte, als sie seinen Atem auf ihrer Wange fühlte und sein Arm mit zarter Schonung sie gegen seine Brust hinzog, da schrie es in ihr auf: »Ich liebe dich, Mann!« und das Jauchzen und Frohlocken ihrer Seele machte sie unwillkürlich die Arme erheben, um sie dem Bräutigam heiß um den Nacken zu schlagen.

Aber sie tat es nicht. Sie fand in ihrem Hochmut die Kraft, die übermenschliche Kraft, es nicht zu tun. Sie hatte sich eine Rolle vorgebildet, die Unselige, und diese Rolle mußte gespielt werden. Doch nein, es war nicht etwas künstlich Zurechtgemachtes, das sie zu handeln trieb, wie sie handelte. Es war vielmehr ihr eigenstes Wesen, ihre von früh auf genährte, nahezu an den Wahnsinn streifende Verschrobenheit, Verdrehtheit und Verbildung, ihre Genialitätsaffektation – die Schwaben haben dafür einen viel derberen, aber auch viel bezeichnenderen Ausdruck – ihre Großweibssucht, die ihr zur Natur gewordene Unnatur.

Der Zornschrei des sterbenden Talbot: »Unsinn, du siegst!« ist ja der unaufhörlich und unzählig oft wiederkehrende Grundbaß in der großen Narrensymphonie des Lebens.

Mit einer Stimme, deren leises Beben seine tiefe Empfindung verriet, sagte Siegfried: »Und so hätten gütige Götter doch vollendet, was in den Sternen geschrieben stand – Brunhild ist das Weib Siegfrieds geworden.«

»Das Weib?« entgegnete sie schneidend, mit einer herbspröden Bewegung seinem Arme sich entziehend. »Die Ware, wollen Sie sagen, mein Herr! Man hat mich verkauft, und man hat mich gekauft, das ist alles.«

Hoch aufgerichtet stand sie ihm gegenüber. Ihre Augen sprühten Feuer, und ihre Schönheit war die der Meduse.

Ein dunkles Rot überfuhr Siegfrieds Wangen und Stirne, und seine Lippe bäumte sich zornig empor. Aber er bezwang sich, wie denn – faselnde Psychologen mögen sagen, was sie wollen – im Sinne der Vernunft der Mann immer weit mehr sich zu bezwingen, zu bezähmen und zu beherrschen weiß als das Weib.

»Brunhild,« sagte er mild und freundlich, »bedenke, was du tust! Diese Stunde schließt unsere ganze Zukunft in sich.«

»Ich habe alles bedacht,« gab sie zurück, »nur nicht, wie sich die Sklavin ihrem Besitzer gegenüber anzustellen hat. Aber,« fügte sie mit unbeschreiblich höhnischer Betonung hinzu, »darum brauche ich mir wohl keine Sorge zu machen. Der Käufer wird schon wissen, daß und wie er über die Ware verfügen kann und will.«

Den Augen des schwerbeleidigten Mannes entfunkelte ein Zornblitz, und seinem Munde entfuhr ein halbunterdrückter Fluch. Aber Siegfried von Lindenberg war allzeit, in der Studentenkneipe wie auf der Rednerbühne der Volksversammlungen, auf dem Schlachtfelde wie im Kerker, ein Gentleman gewesen, und er war es auch jetzt.

Obzwar im Innersten aufgestürmt und empört, wußte er sich zu zwingen und zu stimmen, um gemessenen Tones die Törin zu fragen:

»Brunhild, ist das Ihr letztes Wort?«

»Ja.«

Ohne Heftigkeit, aber fest faßte er ihre Hand und zog sie ans Fenster.

»Fräulein von Hohenauf, sehen Sie dort drüben am Scheitel des Schreckhorns die zwei so nahe beisammenhängenden und doch ewig getrennten Schneewolken?«

»Was soll das, mein Herr?«

»Das Volk nennt die beiden Schneeflocken dort die zwei verdammten Seelen und erzählt eine schaurige Sage von ihnen. Sehen Sie genau hin! Das Bild unserer Zukunft steht vor Ihren Augen.«

»Sie dichten, mein Herr.«

»Nein, ich prophezeie. Wir werden als zwei verdammte Seelen nebeneinander stehen, und doch hätten wir mitsammen zwei selige sein können. Sie hätten mich – o, mit wie wenig Mühe! zum glücklichsten Manne gemacht und ich, für welchen Frauen, so schön wie Sie, das Leben und mehr als das Leben hingegeben hätten, ich würde Sie wie eine Mutter geehrt, wie eine Schwester beschützt, wie eine Tochter behütet und wie eine Geliebte geliebt haben. – Vorbei!«

Er ließ ihre Hand los, trat zurück und sagte noch mit einer tiefen Verbeugung: »Ich habe die Ehre, Ihnen eine gute Nacht zu wünschen. Morgen werde ich Ihnen meine Ansichten mitteilen und die Ihrigen entgegennehmen, wie wir unser Nebeneinanderleben möglichst wenig unbehaglich einrichten können. Für heute nur noch dies eine: Fräulein Brunhild von Hohenauf, Sie haben mich einen Käufer, *Ihren Käufer*, gescholten. Wohlan, jetzt und immer verschmäht der Käufer, über die *Ware* zu verfügen.«

Damit ging er, und als er gegangen, brach ihre Stärke, ihr Stolz, ihr Wahnwitz doch zusammen. Vernichtet sank sie auf einen Stuhl, und die unnatürliche, ja frevelhafte Gespanntheit ihres Wesens suchte und fand einen vulkanisch-heftigen Ausbruch in krampfhaftem Schluchzen.

5. Nebeneinander.

Aus den zwei verdammten Seelen wurden nicht zwei selige. Sie lebten nebeneinander hin, bis, wie Siegfried am Morgen nach der trübseligen Hochzeitnacht seiner Frau, die nicht seine Frau war, vorgeschlagen hatte, »eine schickliche Lösung sich fände«.

Er benahm sich gegen sie mit vollendeter Zartheit. Selbst der leiseste Schatten von Zwang war aus ihrem Dasein entfernt, und sie mochte sich in vollster Freiheit bewegen. Die Dienerschaft zollte der Herrin ehrerbietigste Aufmerksamkeit und pünktlichsten Gehorsam. Jedem Wunsch, den das verzogene Glückskind launenhaft hinwarf, geschah mit fast zauberhafter Raschheit Genüge. Sie zwang sich, heiter zu erscheinen, geräuschvoll das Leben zu führen, und derweil verzehrte sich ihr stolzes Herz in der Brust.

Denn sie liebte diesen Mann, der ihr mit so gleichmäßig höflicher Kühle begegnete, liebte ihn mit brennender Glut und Eifersucht. Sie ertappte sich auf Unmöglichem; denn für unmöglich hätte sie es doch fürwahr gehalten, daß eine Zeit kommen könnte, wo sie, wie sie tat, heimlich die Armstuhllehne küssen würde, worauf Siegfrieds Hand geruht, wo sie, so es ungesehen geschehen konnte, zärtlich seinen alten morosen Pudel, der mancherlei Fata mit seinem Herrn durchgemacht, liebkosen, wo sie in den Stall sich schleichen würde, um das Lieblingspferd dessen zu streicheln, den sie so übermütig verschmäht, so tödlich gekränkt hatte.

Möglich, wahrscheinlich sogar, daß die Energie ihrer Leidenschaft den Eiswall ihres Hochmuts einmal unversehens durchbrochen und niedergeworfen haben würde, falls Siegfried nicht so streng innerhalb der Schranken kühler Gemessenheit sich gehalten hätte. Die beiden sahen sich meist nur bei Tische, und bei diesen Begegnungen gefiel sich der Schloßherr in einem Tone, welchen die Frauen und vollends leidenschaftliche Frauen am allerwenigsten ertragen können, in dem Tone gleichmütiger Ironie nämlich, die sich mitunter in allerhand krausen Bildungen des Humors auslief. »Er verschmäht mich,« grollte es in der tiefen Seelenfalte des stolzen Weibes; »er verschmäht mich und glaubt mir zeigen zu dürfen, daß er mich verschmäht. Eher sterben, als dem Übermütigen durch ein Wort, durch einen Blick verraten, was –« nun, was sie vor sich selbst verbergen wollte und doch nicht konnte, nämlich, daß sie diesen Mann anbetete.

Vielleicht hätten ihre heimlichen Monologe doch anders gelautet, so sie mit angehört hätte, wie der alte Hausmeister eines Abends zu seiner alten Lebensgefährtin sagte: »Höre, Lise, der arme Herr ist in letzter Zeit auffallend gealtert. Vor etlichen Monaten hatte er noch kein weißes Härchen auf dem Kopf und im Bart, und jetzt hat es recht ordentlich drein geschneit.«

»Ich hab's wohl bemerkt,« gab die Lise zur Antwort. »Der gute Herr ist recht unglücklich, obgleich er sich's nicht anmerken lassen will. Warum hat er aber auch so 'ne Lucifera heimgeführt?«

»So 'ne was für eine?«

»Nun ja doch, Alter, so 'ne Lucifera, sag' ich. Die Dam' ist ja stolzer und hochmütiger als Luzifer selber. Gib acht, lange tut das nicht gut.«

Zu Ende des Hochsommers kam Pastor Schwarzdorn zum Besuch. Siegfried holte den Freund auf der nächsten Eisenbahnstation ab. Sie hatten demnach mehrere Stunden zusammen zu fahren, und so langte Schwarzdorn, der ein Künstler im Ausholen war, ziemlich vollständig über den Stand der Sache im Schlosse unterrichtet daselbst an. Der kaustische Verächter von Menschen und Dingen war aber doch lange nicht Mephistophel genug, sich darüber zu freuen, daß der Romantiker Siegfried seine Prophezeiung nicht Lügen gestraft hatte. Wunderlich aber war es anzusehen, daß der zwanglose Sarkastiker bei Tafel der Schloßherrin gewissermaßen zu imponieren, ja sogar fast ihr Wohlgefallen zu erregen verstand.

Nachher zeigte Siegfried dem Freunde die neuen Wirtschaftsgebäude, die er gebaut, und die ausgedehnten Parkanlagen, die er bis zum Hochwald des Bergrückens, an dessen Fuß das schöne Besitztum gelegen ist, hinaufgeführt hatte. Sie verbrachten mit der Besichtigung des Gutes den Nachmittag, und auf dem abendlichen Heimweg zum Schlosse äußerte der Gast: »Ich mach' dir mein Kompliment, alter Junge. Dein Gut darf sich sehen lassen, und du scheinst in der Verwaltung desselben eine angemessene und fruchtbare Tätigkeit gefunden zu haben. Es ist auch gescheiter und lohnender, hier Äcker zu verbessern, Wiesen zu entsumpfen, Bäume zu pflanzen und Gartenanlagen zu schaffen, als daheim, bei uns politisches Phrasenstroh mit zu dreschen.«

Siegfried, welcher das Bedürfnis fühlte, seine Seele ihrer schweren Bürde wieder einmal in einem heftigen Ausbruch zu entladen, ergriff die gebotene Veranlassung, um sich mit äußerster Leidenschaftlichkeit und Bitterkeit über die deutschen Zustände auszulassen. »Dieses Deutschland, das zu vergessen und dem zu entfremden mir – Dank den Göttern! – nachgerade gelungen ist,« rief er aus, »dieses Deutschland würde die Schlafstube der Weltgeschichte sein, wenn es nicht ihre mit Hunderttausenden von unnützen Scharteken angefüllte Bücherei wäre, wohin sich Dame Historia zurückzuziehen pflegt, um, ermüdet von Taten, die sie mit anderen und für andere Völker getan, im Halbschlummer über philosophischem und theologischem Nonsens und literarischem Lumpenkram zu duseln und zu dämmern.« In diesem Tone ging es lange fort; denn Ehren Schwarzdorn, welcher merkte, daß die Explosion dem Freunde Erleichterung verschaffte, trug Sorge, die »Gemütsausschleimung«, wie er das Ding bei sich nannte, durch sarkastisch hingeworfene Widerspruchsworte noch mehr zu reizen und in Fluß zu bringen. Endlich schloß Siegfried damit, daß er dem Freunde die Frage zuschleuderte: »Was ist denn dermalen in dem Fröbelschen Kleinkindergarten deutscher Politik das Hauptspielzeug?«

»Soviel ich weiß, eine Nähmaschine, worauf, da wir derartiger Kostüme niemals genug haben können, ein neuer Herzogsmantel nach allen Vorschriften der Legitimität und Heraldik verfertigt werden soll,« versetzte der Pastor. Dann plötzlich den Ton ändernd, fügte er ernst und teilnehmend hinzu: »Lieber Freund, du bist offenbar nicht in der Verfassung, ein ruhiges und wohlbemessenes Urteil über die deutschen Sachen hören, geschweige denn fällen zu können. Deine Worte riechen nach Galle, das Unglück macht bitter und ungerecht, und gestehe nur, du bist kein glücklicher Mann.«

»Es wird sich geben.«

»Es wird sich leider *nicht* geben! Denn eher und leichter bringst du zehn Kamele zumal durch *ein* Nadelöhr als den Eigensinn und die Halsstarrigkeit eines Weibes zur Anerkennung eines Unrechts und einer Verfehlung. Diese Brunhild hat, gerade herausgesagt, etwas Satanisches an sich. Sie wird dich unfehlbar zugrunde richten, wenn du sie nicht zeitig von dir tust.«

»Bah, warum nicht gar! Ich sag' dir, ich will und werde sie doch noch zähmen, die schöne stolze Wilde.«

Wunderbare Tyrannin, Konvenienz die Große, die Größte! Selbst die unbezähmbare Brunhild fügte sich ihr, als ob da von einem Widerstande nur gar keine Rede sein könnte. Sie fügte sich ihr, indem sie gegenüber dem Gast in aller Form die Frau vom Hause darstellte und beim Abendtische die Obliegenheiten der Wirtin anmutig erfüllte. So anmutig, daß Siegfrieds Stirne hell aufglänzte, Schwarzdorns Humor in prasselnden Raketen sich entlud und ein rechtes Behagen über den kleinen Kreis sich verbreitete. Auch Brunhild fühlte sich davon berührt und horchte mit Teilnahme dem Gespräche der beiden Männer, welche, jeder in seiner Art bedeutend, so sehr voneinander verschieden waren und doch einander so von Herzen zugetan.

Schwarzdorn äußerte seinen Entschluß, die ungewöhnlich günstige Witterung zu benutzen, um gleich morgen eine kurze Rundreise durch altbekannte und geliebte Hochgebirgsgegenden anzutreten, und Siegfried erklärte, daß er den Freund begleiten wolle.

»Darf ich auch mit?« fragte Brunhild. Das unbedachte Wort war heraus, aber blitzschnell kam die Reue hinterdrein. Sie biß sich auf die Lippe, sie hätte sich mögen die Zunge abbeißen. Als Siegfried voll freudiger Verwunderung die Fragerin ansah, blickte ihm schon wieder nur das unbewegliche Marmorantlitz der sprödesten, stolzesten aller Walküren entgegen. So sagte denn der Angekältete artig, aber in kühlem Scherzton: »Wer wird erst noch fragen! Von mir gar nicht zu reden, selbst der knorrige Schwarzdorn da wird zu Blüten der Liebenswürdigkeit ausschlagen, falls er die Ehre und das Glück hat, Ihren Reisekavalier machen zu dürfen.«

Auf ihrem Zimmer angekommen, sagte Brunhild halb unbewußt vor sich hin: »Das war ein lieber Abend. Wie gut und schön er spricht und wieviel Seele in seinem Auge!« Und sie seufzte tief auf.

In dieser Nacht betaute sie ihr Kissen mit brennenden Zähren.

6. Ein Mann.

Die kleine Reisegesellschaft hatte ein halb Dutzend Tage lang jene Alpenlandschaft durchzogen, die unbedingt zu den erhabensten und zugleich anmutigsten Landschaftsdichtungen der Schöpferin Muttererde gezählt werden muß. Auf der Heimkehr zum Schloß am See hatten die Reisenden einen Rasttag in dem berühmten Fremdenstandlager und Kurort gemacht, allwo vor Jahresfrist die erste Begegnung zwischen Siegfried und Brunhild stattgehabt.

Schwarzdorn, dessen scharfer Blick in dem Benehmen, welches die stolze Schöne während der Gebirgsfahrt eingehalten, gelesen hatte, daß etwas in ihr arbeitete, was vielleicht eine glückliche Veränderung zugunsten seines bedauerlichen Freundes zuwege bringen könnte, war auf den Einfall gekommen, gerade an diesem Orte, wo die beiden einander zuerst gesehen, einen entschiedenen und entscheidenden Versuch zu machen, sie zusammenzubringen. Er hatte daher den Vorschlag gemacht, etliche Tage hier zu verweilen, um altvertraute, erinnerungsreiche Pfade wieder zu begehen, wie er andeutungsvoll sagte. Der Vorschlag war gebilligt worden und der pastorliche Mephisto, welcher, aller seiner Skeptik und Sarkastik zum Trotz, gleich allen seinen »engeren Vaterlandsleuten« ein gut Stück Romantik im Leibe hatte, mühte sich mit dem Gedanken ab, wie es zu machen wäre, daß er die beiden möglichst zwanglos und unversehens zu der Burgruine an dem kleinen Hochsee hinaufbrächte, wo er seinen »großen Schlag« tun wollte.

Die beiden Freunde waren bei hereingebrochenem Abend nach dem Zeitungslesekabinett gegangen, und Brunhild saß, nach dem heißen Tage die Nachtkühle zu genießen, auf der kleinen Veranda, auf welche sich eine Türe ihres Zimmers öffnete, das gegen den Garten des Hotels hinauslag, welcher sich mit seinen Blumenbeeten und Gebüschen in die Schatten der Nacht hindehnte. Es war still. Das Gesumme der Schwärme von den in der großen Allee bei Laternenschein Lustwandelnden drang nicht hierher. In das leise Rauschen des hinter dem Garten vorbeiströmenden Flusses mischten sich, von der Anlage beim Kurhause herabkommend, einzelne verlorene Geigen- und Flötentöne.

Brunhild, hinter der Fülle des Laubgewindes der wilden Rebe, welches die Veranda bekleidete und bedachte, in sich zusammengeschmiegt, ließ die Erlebnisse der letzten Tage an ihrer Seele vorübergehen und sie sträubte sich, wie ihr Stolz noch vor wenigen Monaten oder Wochen getan hätte, schon nicht mehr gegen die wohlige Nachempfindung der Befriedigung, womit das zartsinnige Gebaren Siegfrieds sie erfüllt hatte. Sie empfand es daher mißmutig als einen störsamen Eingriff in ihre Träumerei, als eine Gesellschaft von Engländern, der sonstigen steifleinenen ungeselligen Gewöhnung dieser »rothaarigen Barbaren« ganz entgegen, unten im Garten an einem Tische lärmend debattierend sich etablierte. Kellner stellten Kerzen mit Glasglockenschirmen auf den Tisch, brachten Weinflaschen und eine dampfende Grogbowle. Die Gentlemen, samt und sonders schon über das jugendliche Mannesalter hinaus, mochten alte Bekannte sein, sich zufällig am hiesigen Orte getroffen haben und in der Freude hierüber zu dem Entschlüsse gekommen sein, »die Flasche herumgehen zu lassen«, wie dieselbe vorzeiten zu Oxford oder Cambridge unter ihnen herumgegangen war. Ein stattlicher Mann von militärischer Haltung, dem von jeder seiner Wangen eine ungeheure brandrote Haarkotelette herabhing und den die andern mit »Kolonel« anredeten, war augenscheinlich der Mittelpunkt und sozusagen die Respektsperson des Kreises, in welchem es hinlänglich laut herging.

Brunhild war aufgestanden, um sich in ihr Zimmer zurückzuziehen, als der Gegenstand des Gespräches der Engländer – sie verstand Englisch – sie zurückhielt, obschon sie gar nicht hatte hinhören wollen. Sie bedauerte aber sofort, einer mechanischen Regung von Neugier nachgegeben zu haben.

Es war gerade die Zeit, wo das moderne Karthago sich einbildete, für die »Rose von Dänemark« zu schwärmen, und der britische Leopard in mehr oder weniger künstlicher Erhitzung seine Flanken kriegerisch mit dem Schweife peitschte, mit demselben Schweife, welchen er bald darauf, als es hätte zum Klappen kommen sollen, so kläglich-schmählich zwischen die Hinterbeine geklemmt hat. Kein Wunder daher, daß die zechenden Gentlemen das »feigste und niederträchtigste Volk der Erde« – so betitelten ja die englischen Zeitungen die vierzig und mehr Millionen Deutsche Tag für Tag – zum Gegenstand ihrer Unterhaltung und zum Stichblatt ihres Groghumors machten. Allen voran der Kolonel, welcher seinen Kumpanen im Groteskstil die Erlebnisse einer Reise schilderte, welche er soeben in deutschen Landen gemacht hatte. Da er sehr laut sprach, konnte Brunhild hinter dem Laubvorhang der Veranda alle die Hohn- und Schmachreden, womit er Deutschland bedachte, deutlich verstehen, und nun ging etwas Seltsames in ihr vor.

Patriotisch zu fühlen gehört bekanntlich in der Regel nicht gerade zu den Erfordernissen einer vornehmen Anschauung und Führung des Lebens. Man überläßt das der »Roture« und der »Kanaille«. Die vornehme Gesellschaft Europas hat einen kosmopolitischen Schliff und steht behufs der Aufrechterhaltung ihrer Privilegien in einem stillschweigenden Kartellverhältnis. Brunhild hatte daher kaum jemals über den Sinn des Wortes Vaterland nachgedacht, und erst in neuester Zeit, erst seit ihrem Aufenthalt in Siegfrieds Hause hatte sich ihr das Vaterlandsbewußtsein mehr und mehr aufgedrungen. Wie das gekommen, sie wußte es selbst nicht zu sagen. Siegfried stimmte doch keineswegs in den deutschen Modeton unserer Tage ein, des nationalen Nichts durchbohrendes Gefühl mit dem Phrasenbalsam selbstgefälligster Selbsttäuschung zu überstreichen und zu schwichtigen. Im Gegenteil, er geißelte, was er das deutsche Maulheldentum und die liberalisierende Impotenz nannte, bei jeder Gelegenheit, und erst heute noch hatte er, als zwischen ihm und Schwarzdorn von der schleswig-holsteinischen Sache die Rede war, die bittere Spottäußerung getan: »Da werden wir uns mal wieder hübsch blamieren! Weil die Nation, und zwar ganz durch ihre eigene Schuld, als solche nichts ist und nichts kann, so mußte jeder Deutsche mit sehenden Augen und gesundem Menschenverstand von Anfang an wünschen und, was an ihm lag, auch wirken, daß die einzige vernunftgemäße und praktische Lösung der Frage, das heißt die Einverleibung der Herzogtümer in Preußen, möglichst rasch zu einer vollendeten Tatsache würde. Statt dessen schwatzen die ewigen Schwätzer zugunsten irgend eines beliebigen Thronprätendenten und begeistern sich dafür, an das bunte Kleinstaatereinarrenkleid der armen Germania einen neuen Lappen zu platzen. Ach, unsere Landsleute sind wie die Priester des altägyptischen Tierdienstes! Sie können der heiligen Geschöpfe nie genug haben und kommen vor Freude und Jubel ganz außer sich, so in Dolzig oder sonstwo ein neues aufgefunden wird.«

Und doch hatte der feine weibliche Instinkt Brunhild unschwer erkennen lassen, daß Siegfried unendlich viel mehr Vaterlandsgefühl verbarg, als Hunderte liberaler Stichworthelden und patriotischer Gemeinplätzetreter mitsammen aufzuzeigen sich beflissen. Einzelne gelegentlich hingeworfene Äußerungen des scheinbar gehaßten und heimlich mehr und mehr heißgeliebten Mannes waren, eben weil sie von ihm kamen, für Brunhild zu fruchtbaren Anregungen geworden, über Wesen und Charakter, über die wahren Vorzüge und die wahren Mängel der Nation nachzudenken, welcher sie entstammte.

Allein so recht als eine Deutsche sich empfunden hatte sie doch noch nie bis zu dieser Stunde, wo vor ihren Ohren ihr Vaterland so gröblich beschimpft wurde.

Sie fühlte, daß ihr das Blut zornheiß in die Wangen und Schläfe strömte. Ihre Hände ballten sich krampfhaft, und mit dem Fuße aufstampfend, murmelte sie vor sich hin: »O, wär' ich ein Mann!«

In demselben Augenblicke zuckte sie empor, und ihr Auge schoß einen Blitz, halb peinlichster Spannung, halb Frohlocken, durch die Blätterwand in den Garten.

In den scharfabgeschnittenen Kreis der Lichthelle, welche von dem Tische der Engländer ausging, war die Gestalt Siegfrieds getreten, während hinter derselben die des Pastors nur in dämmernden Umrissen erschien.

Brunhild sah, daß ihr Mann – denn in diesem Moment nannte ihn ihr stolzes Herz in völliger Selbstvergessenheit also – hinter den Kolonel trat und demselben die Rechte auf die Schulter legte. Sein Gesicht war bleich, seine Nasenflügel dehnten sich, unter den dicht zusammengezogenen Brauen blickten die Augen groß, klar und stolz. Der Kolonel, mitten in einem Satze unterbrochen, wandte sich um, seine Gesellschafter schauten auf.

»Sir,« sagte Siegfried langsam in englischer Sprache, »ich habe die Ehre, ein Deutscher zu sein.«

Mehr verstand die Lauscherin nicht, aber das Metall dieser Worte wurde zu einem stürmischen Jubelton in ihrem Herzen. »Er ist ein Mann, mein Siegfried, ein Held!« jauchzte es auf in ihr. Sie stürzte in ihr Zimmer, um die Treppen hinab und ihm an den Hals zu fliegen. Aber da schlug es wie ein lähmender Blitz vor ihr nieder: »Er wird kämpfen! Er kann fallen!« und halb ohnmächtig warf sie sich auf das Sofa.

Dann kroch aus einer Seelenfalte des unglücklichen Weibes der Gedanke: »Aber dürfte, würde er sein Leben an einen elenden Prahlhans wagen, so er mich liebte, auch nur so viel liebte, wie ich seinen alten treuen Karo liebe?«

Nach einer geraumen Weile, während welcher sie vergeblich nach Fassung rang, hörte sie in dem über dem ihrigen gelegenen Zimmer Siegfrieds die beiden Freunde mitsammen auf und nieder gehen. Dann wurden droben Stühle gerückt, es trat Stille ein, es war schon tief in der Nacht.

»Er kommt nicht,« sagte sie bebend, »er will mich nicht mehr sehen, mir nicht ein armes Abschiedswort sagen!«

Sie sprang auf, öffnete leise die Türe und schlich auf dem dunklen Korridor bis zum Fuße der nach oben führenden Treppe, ohne sich klar zu sein, was sie denn eigentlich wollte. Da ging droben eine Türe auf, ein Lichtschein blitzte über die Treppenstufen, und sie vernahm Siegfrieds Stimme, welcher zu dem Freunde sagte: »Verschlaf dich nicht, Alter, und sei pünktlich, damit wir mit Sonnenaufgang auf dem Platze sind.«

Von einer tödlichen Angst angefaßt, floh sie in ihr Zimmer zurück. »Mit Sonnenaufgang – auf dem Platze.« Also wäre das Furchtbare wahr? Ihr Herz hämmerte hörbar laut in der Brust. Und er kam nicht zu ihr! Aber hatte sie es denn um ihn verdient, daß er zu ihr käme? Nein! Wohl aber geziemte es ihr, zu ihm zu eilen, sich zu seinen Füßen zu werfen, seine Knie zu umklammern und ihn anzuflehen: »Verzeih mir, oder kannst du mir nicht verzeihen, so laß mich wenigstens mit dir sterben!«

Sie fühlte das, und schon hatte sie die Türklinke erfaßt, als sich der Stolz und Hochmut zum letztenmal triumphierend in ihr aufbäumte. »Wie, wenn der stolze Mann die Flehende verachtungsvoll von sich stieße? Wenn er die Gelegenheit willkommen hieße, an der bis zum äußersten sich Demütigenden den tödlichen Schimpf zu rächen, welchen sie in jener unseligen Hochzeitnacht ihm angetan?«

Der Gedanke, so sinnlos er sein mochte und wirklich war, ver-
wandelte ihr kochendes Blut in Eis. Sie ging nicht in das Zimmer
Siegfrieds hinauf, aber sie verwachte den Rest der Nacht in ver-
zweiflungsvollem Brüten.

7. Erkämpft.

Ein leises Geräusch in dem Zimmer über ihr störte sie auf. »Er rüstet sich zu dem verhängnisvollen Gange,« sagte sie. »Ob er auch jetzt nicht versucht, mir ein Abschiedswort zu sagen?«

Er schien es nicht versuchen zu wollen. Brunhild öffnete vorsichtig die Türe ihres Zimmers und lauschte hinaus. Das fahle Zwielicht des ersten Morgengrauens lag auf dem Korridor. Sie hörte nach einer kleinen Weile die beiden Freunde geräuschlos die Treppe herabkommen.

Am Fuße derselben standen sie still, und Brunhild, deren Seele in ihren Ohren war, vernahm die flüsternde Stimme Schwarzdorns: »Und du willst also deiner Frau kein Wort sagen?«

»Nein, entgegnete Siegfried. »Es wäre schade, ihren Morgenschlummer zu stören. Ist die Schnurre vorbei, so oder so, magst du ihr in deiner Weise gelegentlich erzählen, daß Alter nicht vor Torheit schütze, das heißt daß ein alter Burschenschafter nicht ruhig habe mit anhören können, wie so ungalant man mit der armen alten Mutter Germania umsprang.«

»Aber –«

»Wir haben wahrhaftig keine Zeit mehr zum Plaudern, komm! Im übrigen ist ja alles –« Seine Stimme verklang im Fortgehen.

Brunhild zog den Kopf zurück und schloß die Türe. »Er wollte mich nicht sehen,« sagte sie in bitterem Groll und Trotz. »So mag er denn gehen.«

Sie versuchte mit aller Gewalt in diese trotzige Stimmung mehr und mehr sich hineinzuarbeiten. Aber es ging nicht. Siegfrieds Worte: »Es wäre schade, ihren Morgenschlummer zu stören,« hatten sie etwa kalt oder gar spöttisch geklungen? O nein! Aber er hatte sie nicht sehen und sprechen wollen. Sie konnte ihm doch nicht nachlaufen und darum, meinte sie, wäre es das klügste, sie kleidete sich aus und legte sich zu Bette.

Aber es ging nicht. Eine furchtbare Beklemmung bemächtigte sich ihrer und drohte sie zu ersticken. Sie riß das nächste Fenster auf, und von der großen Nußbaumallee her, auf welche dasselbe hinausging, schlug ihr die kühle Morgenluft entgegen. Sie beugte sich tiefaufatmend hinaus, und da erhaschte ihr Auge zwei Männergestalten, welche von der Allee rechts ab auf den Fußweg bogen, der über die große Matte nach der entgegengesetzten Seite des Talbodens führt. In demselben Augenblicke rasselte ein Wagen von der Freitreppe des Hotels weg und fuhr eilends die Allee hinab.

Da quoll ein Gedanke heiß in ihrer Seele auf und erfüllte widerstandslos ihr ganzes Fühlen und Sein. Nur im Umsehen raffte sie Hut und Schal auf und enteilte dem Zimmer, sprang die Treppe hinab, glitt an dem aus verschlafenen Augen verwundert sie anblickenden Portier, welcher im Begriffe war, die Haustüre wieder zu schließen, vorüber durch den Portikus, den Perron hinab, in die Allee hinaus und lief dieselbe entlang bis zu der Stelle, wo der erwähnte Fußpfad sich abzweigt.

Diesen schlug sie ein und verfolgte ihn geflügelten Ganges. Da, wo an der andern Seite des Tales der Bergwald anzusteigen beginnt, mündet der Fußweg in eine Fahrstraße, welche zwischen der Gebirgswand und dem Ufer des Stromes knapp sich hinwindet. Hier erschaute sie durch den leichten Morgennebel hindurch nur etliche hundert Schritte vor sich die rasch ausschreitenden Gestalten Siegfrieds und seines Freundes, und kaum von ihr erblickt, schlugen die beiden einen linkswärts in den Wald hinaufführenden Seitenweg ein. Als sie an diesen herangekommen, bemerkte sie, daß wenige Schritte darüber hinaus ein Zweispänner auf der Straße hielt. Er war leer. »Sind die Herren in den Wald hinauf?« fragte sie den Droschkenführer.

»Myni Engelländer? Jo, sie heiget gäng dä Weg g'no,« gab der Mann gleichgültig zur Antwort, mit dem Ende seines Peitschenstils auf den Waldweg deutend.

Ohne weiter ein Wort zu verlieren, schlug Brunhild denselben ein. Er führte anfänglich gemächlich, dann steil und steiler bergan und endlich auf eine dicht mit Tannen bestandene Ebene. Hier aber teilte er sich, und zwar dreizackig. Brunhild stand in peinvoller Ungewißheit eine Sekunde lang still. Rings um sie waltete lautloses Schweigen, da die Zeit der Sonnenwende längst vorüber und der Vogelsang demnach verstummt war. Plötzlich fiel ein helles Leuchten in die graue Waldesdämmerung, und als Brunhild aufschaute, sah sie die Tannenwipfel rötlich angeglommen. Das Tagesgestirn mußte also über die Gebirgsspitzen im Osten herauf sein.

Es trieb sie mächtig vorwärts, aber wohin? Sie tat nacheinander auf jedem der vor ihr liegenden drei Pfade etliche Schritte vorwärts und ebenso rasch wieder zurück. Endlich warf sie sich hastig auf den mittleren, geradeaus führenden und eilte vorwärts mit der Elastizität eines um Tod und Leben rennenden Rehes, nicht achtend, daß nach einer kurzen Strecke der Weg in vielfachen Wendungen wiederum jäh bergan führte. Dann sprang er mit scharfer Biegung plötzlich nach rechts um, führte in dichtes Unterholz und Gestrüppe und ging hier ganz aus.

Verzweifelnd hielt die Eilende inne. Ihr Busen flog, Tropfen kalten Schweißes rollten von ihren Schläfen herab, und ihre Augen starrten in die sie umgebende Waldwildnis, als ob sie vor Bangen aus ihren Höhlen springen wollten.

In diesem Augenblicke kam das geahnte, das *gewußte* Gefürchtete. Zwei Schüsse fielen dort rechtshin so rasch hintereinander, daß es wie nur ein Knall durch den Wald hallte.

Der Atem stockte in Brunhilds Brust. Dann brach ein Schrei aus ihrem Munde, grell und gell wie die Verzweiflung, und im nächsten Augenblicke flog sie unaufhaltsam durch das Gebüsche dahin, woher der Schall gekommen.

Die gesuchte Stelle war nahe beian. Brunhild fand sich unversehens am Saum einer Lichtung, von welchem der Boden rasch gegen ein schmales Tälchen abfiel, welches hier in den Wald eingeschnitten war. Auf dem grünen Wiesengrund konnte sie, etwa fünfzehn Schritte voneinander entfernt, zwei Gruppen wahrnehmen, jede aus drei Figuren bestehend. Und je eine derselben lag, und je zwei standen. Sie konnte in dem einen Daliegenden den englischen Kolonel erkennen, der jetzt ein sehr stiller Mann, und – doch nein, sie erkannte, sie sah nicht ihn, sah nichts und niemand außer dem einen – Siegfried.

Und »Siegfried! Siegfried!« schrie sie auf, in wahnsinnigen Sätzen den Abhang hinunterfliegend, und im nächsten Augenblicke lag sie ihm zur Seite auf den Knien und schlug die Arme um den sterbenden Mann. Denn ein sterbender war er. Die Gegner hatten, wie bestimmt worden, auf kurze Distanz *a tempo* gefeuert und in demselben Moment, wo Siegfrieds tödliche Kugel dem Kolonel in die rechte Schläfe geschlagen, war ihm das Blei desselben seitlings in die Brust gefahren.

Aschfarben im Gesicht, faßte Schwarzdorn den Arm des Arztes, welchen die Engländer mitgebracht hatten, und gepreßten Atems, fast pfeifend stieß er die Frage hervor: »Keine Rettung, Doktor?«

Der Arzt schüttelte den Kopf und flüsterte zurück: »Keine. Er hat nur noch Sekunden zu leben.«

»Siegfried, mein Siegfried!« flehte in Tönen bebender Zärtlichkeit Brunhild. »Ich bin da, Brunhild, dein Weib, deine Sklavin, die den Staub von deinen Füßen küssen, die für dich leben, die für dich tausend Tode sterben will!«

Der tödlich Getroffene, den man mit dem Rücken an eins der bemoosten, über die Matte hingestreuten Felsstücke gelehnt hatte, erhob das Haupt und öffnete die schon von den Schatten des Todes umflorten Augen. Ein heller Freudenblick leuchtete in denselben auf. Er machte einen Versuch, die Arme zu heben, als wolle er sie um das im Jammer vergehende Weib legen, und das schreckliche Röcheln seiner Brust bewältigend sagte er mit einem herzzerreißenden Lächeln: »So bin ich also doch glücklich noch durch Waberlohe gedrungen und habe dich erkämpft, du schöne, stolze, hochgeliebte Walküre – *erkämpft*!«

Sein edles Haupt sank herab, und ein Zittern überlief sein geisterbleiches Antlitz. Sie umklammerte ihn, sie preßte ihre Lippen auf seinen Mund, als wollte sie den entfliehenden Odem zurückhalten. So starb er unter ihrem, ach, zu spät gegebenen Brautkuß.

Als der in tiefster Seele erschütterte Freund eine Stunde später auf die Unglücksstätte zurückkam, Tragbahre und Träger mit sich bringend, fand er Brunhild regungslos am Boden sitzend, Siegfrieds Haupt, das sie mit am Waldsaum gepflückten Eichenzweigen umwunden hatte, in ihrem Schoße haltend. Ihr Antlitz war fahler als das des Toten, auf dessen friedvollen Zügen ihre brennenden Augen hafteten, die keine Tränen gefunden hatten. Sie schrak zusammen, wie aus einem Traume geweckt, als die Männer herantraten.

Dann aber fiel sie sofort wieder in ihre steinerne Regungslosigkeit zurück.

Dem armen Schwarzdorn schien das Bekränzen des Toten einen peinlichen Eindruck zu machen; es mochte ihm profanierend, affektiert, theatralisch vorkommen, und daher sagte er fast rauh: »Madame, es ist Zeit –«

Sie ließ ihn nicht aussprechen, obgleich sie sich nicht an ihn wandte. Ohne aufzublicken, murmelte sie, die Hände Siegfrieds in den ihrigen pressend: »Ich habe die Ehre, ein Deutscher zu sein. – O, er hatte Ehre, Ehre, Ehre bis zum letzten Hauch, er, mein Held!«

Und halb singend brach sie in die eddaische Strophe aus:

»So war Sigurd
Bei Giukis Söhnen,
Wie hoch über Halme
Die Tanne sich hebt,
Wie der Hirsch über Hasen
Hochbeinig ragt
Und glutrotes Gold
Über graues Silber.«

»Die unselige Tragödie schließt mit einem würdigen Finale,« rief Schwarzdorn aus. »Sie ist wahnsinnig geworden!«

Er irrte. Sie war es nicht geworden und wurde es nicht. Noch am Abend desselben Tages hatte sie die gewohnte ruhig stolze Fassung und Haltung wiedererlangt, und fest und klar ordnete sie, was zur Heimführung des toten Gemahls nach seinem Schloß am unteren See zu ordnen war.

Aber gerade in ihrer Gefaßtheit hatte die Schloßherrin mit den tränenlosen, brennenden Augen und den marmorblassen und marmorstarren Zügen etwas Furchtbares, etwas, das Schwarzdorn gefrorene Verzweiflung nannte. Der Freund hielt es in ihrer Nähe nicht länger aus. Am Tage nach Siegfrieds Bestattung ließ er sich bei Brunhild melden und sagte ihr: »Gnädige Frau, ich bin kraft des Testaments meines hingegangenen Freundes zum Vollstrecker desselben ernannt.«

Sie saß still und stumm und wandte nicht das Haupt.

»Madame,« fuhr er fort, »ich bedaure, Sie mit dieser Sache behelligen zu müssen; aber ich kann und will meine Abreise nicht länger verschieben und wünsche daher, wenigstens das Wichtigste dessen, was mir aufgetragen ist, möglichst rasch zu erledigen. Das Geschäft ist auch einfach genug. Der arme Siegfried hat nämlich, mit Ausnahme verschiedener, allerdings nicht unbedeutender Legate, welche er seiner Dienerschaft aussetzte oder gemeinnützigen Anstalten zuwandte, sein ganzes Vermögen, liegende und fahrende Habe, Schloß, Gut und Geld Ihnen vermacht.«

»Das Schloß?« entgegnete sie mechanisch, als hätte sie nur das eine Wort aufgefaßt. »Es mag in Trümmer fallen; sein Herr ist tot.«

»Sie werden darüber zu verfügen haben, wie es Ihnen beliebt. Was das übrige Vermögen –«

»Gebt es den Armen. Gebt es, wem ihr wollt. Aber sagen Sie mir, verehrter Freund, sind der Architekt und der Bildhauer noch immer nicht aus der Stadt angelangt?«

»Doch, eben vorhin; allein ich bitte –«

Brunhild stand rasch auf und schritt an Schwarzdorn vorüber aus dem Zimmer.

Das war nun ihre Sorge, ihre Arbeit, das einzige, wofür sie noch Sinn hatte, des Toten Grab zu schmücken. Als Hauptschmuck wurde zu Füßen desselben ein gewaltiger, unbehauener Granitblock aufgerichtet mit der Inschrift:

Siegfried von Lindenberg,

Gefallen im Zweikampf für seines Landes Ehre.

August 1864.

8. Der Mond geht unter.

Die Herbstnacht ist still, klar und mild. Groß leuchten die Sterne über dem mitternächtigen Schweigen, und der Vollmond gießt sein silbernes Licht auf den kleinen Hochsee und die Burgruine mit dem halbzerfallenen Wartturm.

Auf der Bank am Fuße desselben sitzt eine weibliche Gestalt, in dunkle Gewänder gehüllt. Die zurückgeschlagene Kapuze des Mantels läßt das gespensterhafte Weiß ihres Antlitzes sehen und den blassen Goldschimmer ihres üppigen Blondhaars. Die dunkeln Augen ruhen unbewegt auf der spiegelglatten Wasserfläche, regungslos liegen die ineinander geschlungenen Hände auf den Knien, und festgeschlossen, wie zu ewigem Schweigen, ist der Mund.

Eine Stunde vergeht. Dann erhebt sich die Gestalt, und ohne Hast schreitet sie den Fußpfad hinunter zum See. Sie umgeht denselben zur Hälfte und verschwindet für eine kurze Weile in einem Weidengebüsche am östlichen Ufer. Wieder hervorgetreten, steht sie im vollen Schein des Mondes, welcher, zum Niedergange sich schickend, schon den Gipfeln der Hochgebirge im Westen nahegekommen ist.

Ihr Obergewand ist hinaufgeschlagen und der weite Saum über den Hüften festgebunden. In schweren, straffen Falten hängt es über dem weißen Untergewand bis zu den Knien herab, als berge es eine gewichtige Last.

So muß es auch wohl sein, denn sie legt die wenigen Schritte, welche sie noch am Ufer hin tut, augenscheinlich nur mühsam zurück. Sie steht einen Augenblick still. Dann schreitet sie, mit fest an die Lenden gedrückten Händen, langsam in das Wasser hinein. Kein Zug ihres Gesichtes ändert sich auf diesem Todesgang. Die festgeschlossenen Lippen beben nicht, kein Zucken in den düster flammenden Augen, überall nur die Ruhe und Sicherheit einer eisernen Entschlossenheit. Immer weiter hinein. Schon umspielt die kalte Flut die Brust, worin ein stolzes Herz so unbändig geschlagen, bis es unter dem Hammerschlag des Schicksals gebrochen wie ein spröder Diamant. Immer weiter hinein. Nur noch das schone Haupt ist sichtbar auf der Wasserfläche, als läge es auf einem ungeheuren Sllberteller.

Ein Schritt noch, ein letztes, blitzschnell schwindendes Aufschimmern des Goldhaars; dann ein leises Zusammenrauschen des Wassers über der Stelle, wo es zuletzt geschimmert.

Wellenringe zittern an das Ufer, ein Windhauch geht durch die Weiden und Föhren, und hinter den Bergen versinkt der Mond.

Über tredition

Eigenes Buch veröffentlichen

tredition wurde 2006 in Hamburg gegründet und hat seither mehrere tausend Buchtitel veröffentlicht. Autoren veröffentlichen in wenigen leichten Schritten gedruckte Bücher, e-Books und audio-Books. tredition hat das Ziel, die beste und fairste Veröffentlichungsmöglichkeit für Autoren zu bieten.

tredition wurde mit der Erkenntnis gegründet, dass nur etwa jedes 200. bei Verlagen eingereichte Manuskript veröffentlicht wird. Dabei hat jedes Buch seinen Markt, also seine Leser. tredition sorgt dafür, dass für jedes Buch die Leserschaft auch erreicht wird.

Im einzigartigen Literatur-Netzwerk von tredition bieten zahlreiche Literatur-Partner (das sind Lektoren, Übersetzer, Hörbuchsprecher und Illustratoren) ihre Dienstleistung an, um Manuskripte zu verbessern oder die Vielfalt zu erhöhen. Autoren vereinbaren direkt mit den Literatur-Partnern die Konditionen ihrer Zusammenarbeit und partizipieren gemeinsam am Erfolg des Buches.

Das gesamte Verlagsprogramm von tredition ist bei allen stationären Buchhandlungen und Online-Buchhändlern wie z. B. Amazon erhältlich. e-Books stehen bei den führenden Online-Portalen (z. B. iBookstore von Apple oder Kindle von Amazon) zum Verkauf.

Einfach leicht ein Buch veröffentlichen: **www.tredition.de**

Eigene Buchreihe oder eigenen Verlag gründen

Seit 2009 bietet tredition sein Verlagskonzept auch als sogenanntes "White-Label" an. Das bedeutet, dass andere Unternehmen, Institutionen und Personen risikofrei und unkompliziert selbst zum Herausgeber von Büchern und Buchreihen unter eigener Marke werden können. tredition übernimmt dabei das komplette Herstellungs- und Distributionsrisiko.

Zahlreiche Zeitschriften-, Zeitungs- und Buchverlage, Universitäten, Forschungseinrichtungen u.v.m. nutzen diese Dienstleistung von tredition, um unter eigener Marke ohne Risiko Bücher zu verlegen.

Alle Informationen im Internet: **www.tredition.de/fuer-verlage**

tredition wurde mit mehreren Innovationspreisen ausgezeichnet, u. a. mit dem Webfuture Award und dem Innovationspreis der Buch Digitale.

tredition ist Mitglied im Börsenverein des Deutschen Buchhandels.

Dieses Werk elektronisch lesen

Dieses Werk ist Teil der Gutenberg-DE Edition DVD. Diese enthält das komplette Archiv des Projekt Gutenberg-DE. Die DVD ist im Internet erhältlich auf **http://gutenbergshop.abc.de**

Zeitfracht Medien GmbH
Ferdinand-Jühlke-Straße 7
99095 Erfurt, Deutschland
produktsicherheit@kolibri360.de